茨木のり子の家

南燈
外燈
階
OFF
ON

2 3 4 5
9 10 11 12
16 17 18 19
23 24 25 26
30
innovator

わたしが一番きれいだったとき

わたしが一番きれいだったとき
街々はがらがら崩れていって
とんでもないところから
青空なんかが見えたりした

わたしが一番きれいだったとき
まわりの人達が沢山死んだ
工場で　海で　名もない島で
わたしはおしゃれのきっかけを落してしまった

わたしが一番きれいだったとき
だれもやさしい贈物を捧げてはくれなかった
男たちは挙手の礼しか知らなくて
きれいな眼差だけを残し皆発っていった

わたしが一番きれいだったとき
わたしの頭はからっぽで

わたしの心はかたくなで
手足ばかりが栗色に光った

わたしが一番きれいだったとき
わたしの国は戦争で負けた
そんな馬鹿なことってあるものか
ブラウスの腕をまくり卑屈な町をのし歩いた

わたしが一番きれいだったとき
ラジオからはジャズが溢れた
禁煙を破ったときのようにくらくらしながら
わたしは異国の甘い音楽をむさぼった

わたしが一番きれいだったとき
わたしはとてもふしあわせ
わたしはとてもとんちんかん
わたしはめっぽうさびしかった

だから決めた　できれば長生きすることに
年とってから凄く美しい絵を描いた
フランスのルオー爺さんのように
　　　　ね

くだものたち

杏

信濃のあもりという村は　杏の産地
多くの絵描きがやってくる　私の心の画廊にも
小さな額縁がひとつ　その中で杏の花は
咲いたり　散ったり　実ったりする

葡萄

もぎたての葡萄は　手のなかで怯える
小鳥のよう　どの袋にも紫色のきらめきを湛え
少女の美しくも短い
ある期間のこころとからだのよう

プラム

夏はプラムを沢山買う
生きているのを確かめるため
負けいくさの思い出のため　一個のプラムが
ルビィよりも貴かった頃のかなしさのために

長十郎梨

お前を手に持って村道に現われる子供
縄の帯などしめて　鼻を垂らして
無骨なお前を齧るとほんとうに淡い甘さ
消えた東洋の昔話がさくさくとよみがえる

蜜柑

ある年の蜜柑の花の匂うときに
わたくしもはじめての恋をした
どうしていいのかわからなかったので
それは時すぎて今も幼い芳香を放ったまま

名前を忘れたくだもの

女房を質に入れても食べるという
名前は忘れた南の木の実
そんな蠱惑（こわく）に満ちた木がどこかに生えているなんて
絶望ばかりもしていられない

HORI

15
16
22
23
29
30

innovator

食卓に珈琲の匂い流れ

食卓に珈琲の匂い流れ

ふとつぶやいたひとりごと
あら
映画の台詞だったかしら
なにかの一行だったかしら
それとも私のからだの奥底から立ちのぼった溜息でしたか
豆から挽きたてのキリマンジャロ
今さらながらにふりかえる
米も煙草も配給の

住まいは農家の納屋の二階　下では鶏（とり）がさわいでいた
さながら難民のようだった新婚時代
インスタントのネスカフェを飲んだのはいつだったか
みんな貧しくて
それなのに
シンポジウムだサークルだと沸きたっていた
やっと珈琲らしい珈琲がのめる時代
一滴一滴したたり落ちる液体の香り

静かな
日曜日の朝
食卓に珈琲の匂い流れ……
とつぶやいてみたい人々は
世界中で
さらにさらに増えつづける

時代おくれ

車がない
ワープロがない
ビデオデッキがない
ファックスがない
パソコン　インターネット　見たこともない
けれど格別支障もない

　そんなに情報集めてどうするの
　そんなに急いで何をするの
　頭はからっぽのまま

すぐに古びるがらくたは
我が山門に入るを許さず
（山門だって　木戸しかないのに）
はたから見れば嘲笑の時代おくれ
けれど進んで選びとった時代おくれ
　もっともっと遅れたい

電話ひとつだって
おそるべき文明の利器で
ありがたがっているうちに
盗聴も自由とか
便利なものはたいてい不快な副作用をともなう
川のまんなかに小船を浮かべ
江戸時代のように密談しなければならない日がくるのかも

旧式の黒いダイアルを
ゆっくり廻していると
相手は出ない
むなしく呼び出し音の鳴るあいだ
ふっと
行ったこともない
シッキムやブータンの子らの
襟足の匂いが風に乗って漂ってくる
どてらのような民族衣装
陽なたくさい枯草の匂い

何が起ろうと生き残れるのはあなたたち
まっとうとも思わずに
まっとうに生きているひとびとよ

Y

歳月
真実を見きわめるのに
二十五年という歳月は短かかったでしょうか
九十才のあなたを想定してみる
八十才のわたしを想定してみる
どちらかがぼけて
どちらかが疲れはて

あなたはもしかしたら
存在しなかったのかもしれない
あなたという形をとって何か
素敵な気がすうっと流れただけで

10×20　TS No.41-308

道づれ

あなたが逝った五月
一月あとの六月に
金子光晴さんが逝きました
健脚の金子さんはきっと追いついたでしょう
「やア　先生！」
ポンとあなたの肩をたたき

のいうねの図

（1）

泉

わたしのなかで
咲いていた
ラベンダーのようなものは
みんなあなたにさしあげました
だからもう薫ることのはなにひとつない

10×20

TS No 41-308

1950. 4. 3　新ぶんに。 安岸デッサン

恋唄

肉体さうしなって
あなたは一篇　あなたになった
純粋の原酒（モルト）になって
一篇わたしを酔わしめる
恋に肉体は不要なのかもしれない

( )

獣めく

獣めく夜もあった

にんげんもまた獣なのねと

しみじみわかる夜もあった

シーツ新しくピンと張ってて

寝室は落葉かきよせ籠り居る

10×20 TS № 41-308

誤算

あら　雨

あじさいがきれい

このブラウス似合います？

お茶が濃すぎるぞ

キャッ！　ごきぶり

あの返事は書いておいてくれたか

萬葉集 一
方丈記 徒然草
古今和歌集
新古今和歌集
西鶴集 上
御伽草子
古事記 祝詞
枕草子 紫式部日記
蕪村集 一茶集
毛沢東 その詩と人生
米朝落語全集
老子
荘子
白き山
大江戸アイデアマン
良寛詩集
古代歌謡集
日本書紀 下
崔華國詩全集
朝鮮語大辞典
現代韓国文学選集
金芝河全集
POCKETFILE
SB
一皿の料理
草花園芸
百人百句
中国の赤い星
LIKE UNDERGROUND WATER
현대시작법
SCRAP BOOK
韓國의 名詩
편지 한국어

嵯峨信之詩集
安水稔和全詩集
16冊の詩集を収録
辻征夫
ゴーシュの肖像
青い夜道
吉野弘
ユーモアの鎖国
石垣りん
夜の太鼓
家庭の詩
わたしはマザーに会った
やさしい言葉
習俗打破の女たち
家のブランコ
工藤直子
まるごと好きです
高群逸枝
GUANTANAMO
天声人語
安西均全詩集
朝鮮語辞典

FM SW MW
90 88 86 84 82 80 78 76
12 11 10 9 8 7 6 5 4
1600 1400 1200 1000 900 800 700 600 530
METER
MC MC KC

RICHTER
ニッカウヰスキー
SCRAP
SCRAP
SCRAP
말
韓国語の作文
SCRAP
SCRAP
SCRAP

ARTURO
BENEDETTI
MICHELANGELI
SCRAP BOOK

PRETTY
G
K
ろうそく

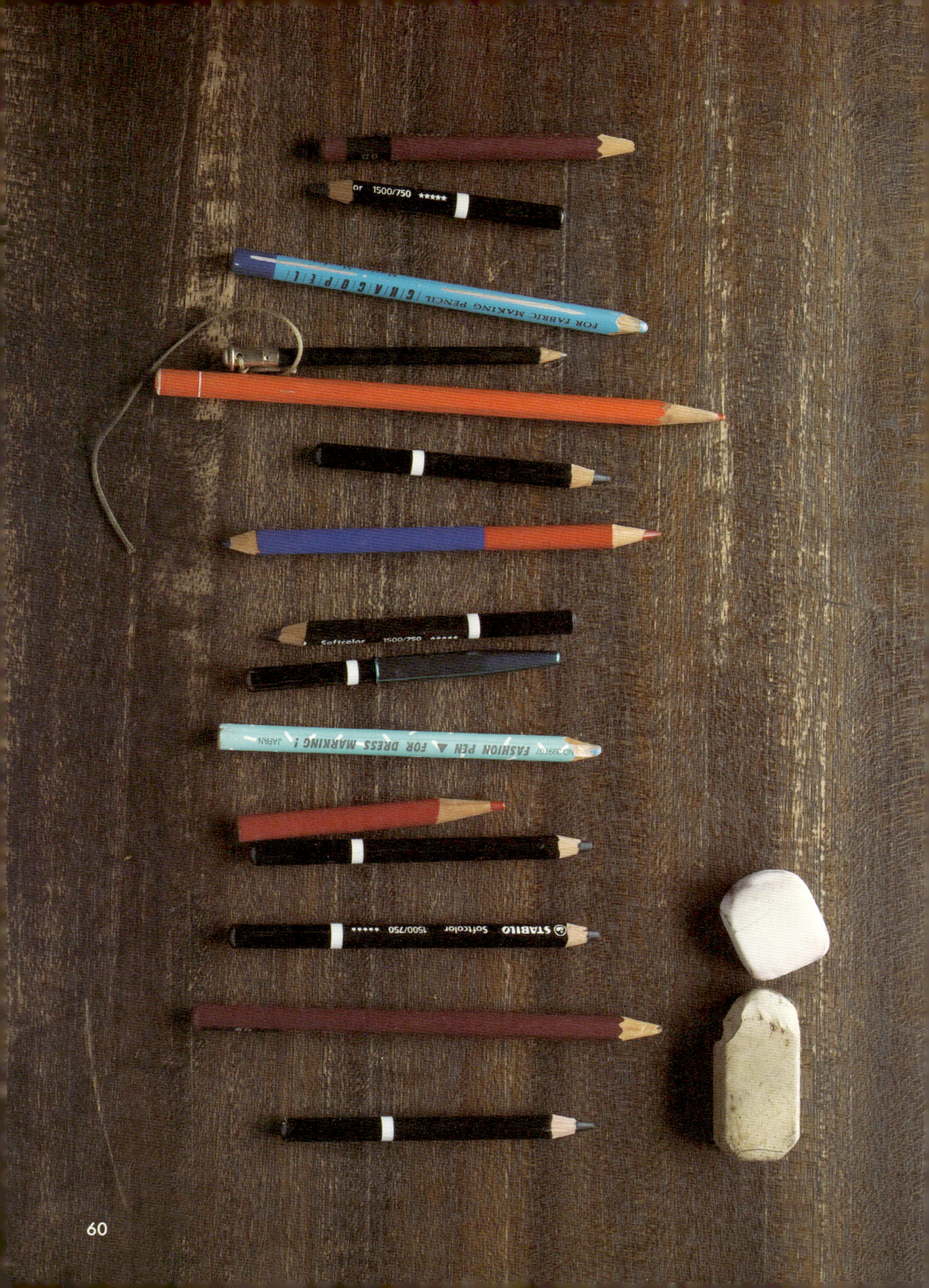
1500/750
CHACOPEL
FOR FABRIC MAKING PENCIL
Softcolor 1500/750
FASHION PEN
FOR DRESS MARKING !
JAPAN
STABILO Softcolor 1500/750

알아 두겠습니다
3, 4日

日記
三月十七日
天候
起床
就床
三月十八日
天候
起床
就床
ああもうぢきにお母さんが歸って來るのでのり子の胸はどんなに高くなったことであらう
おひがん
47

NEOPAN SS
SAFETY

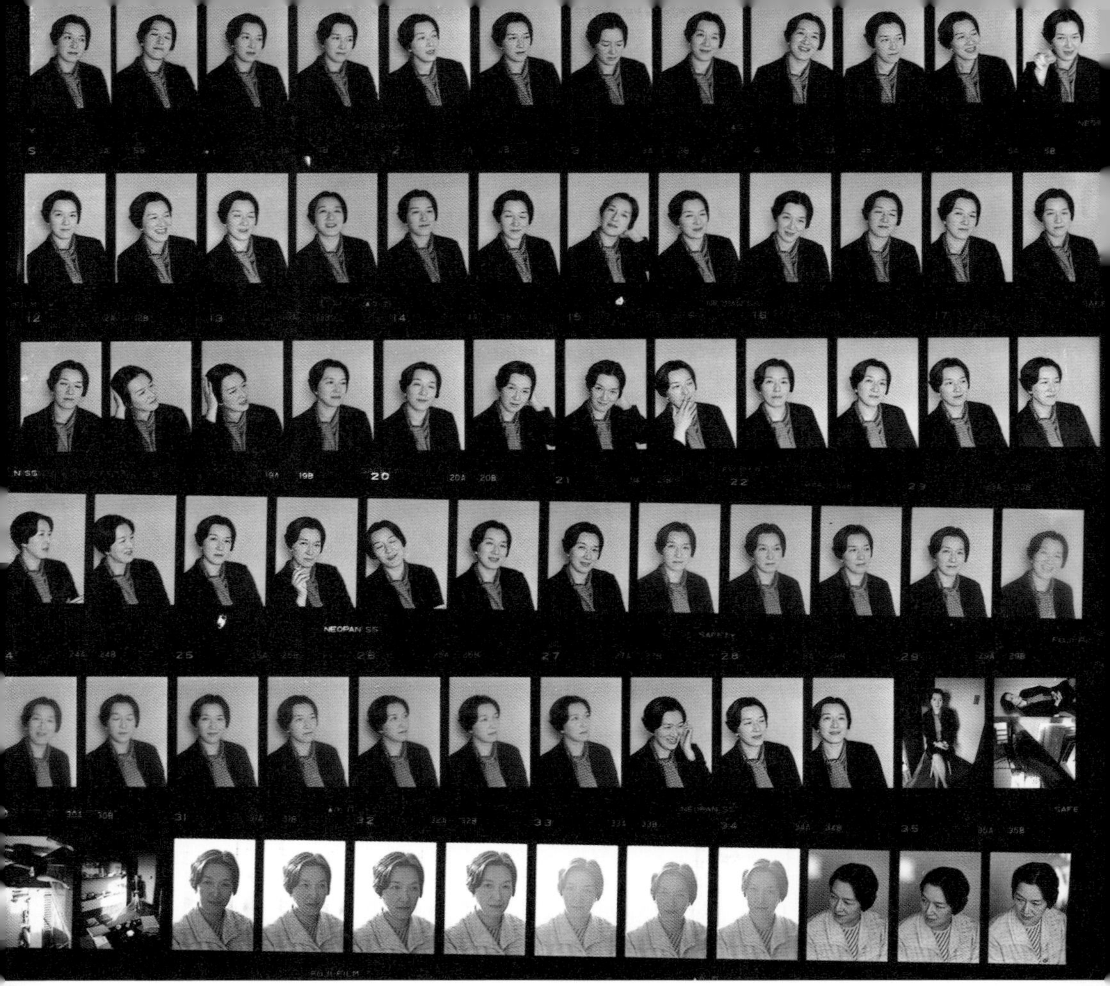
NEOPAN SS

四月十日.

すばらしいきほひで　私のなかに　芽をもたげてきている　新しい力.

女性開眼ということが　あるならば、まさしくこういう状態をいふんだらうとおもはれる.

私のなかで.　なにかが　猛烈に　活動している.

私はそれに気をとられて.　なにも手につかない.

ほどだ
緑のもえ出る季節.
せみの羽のやうに きやしやな 若芽たちの.
おずおず あけぞめた.
郷田園桃の 花旅学時興 どうしても ほしい.

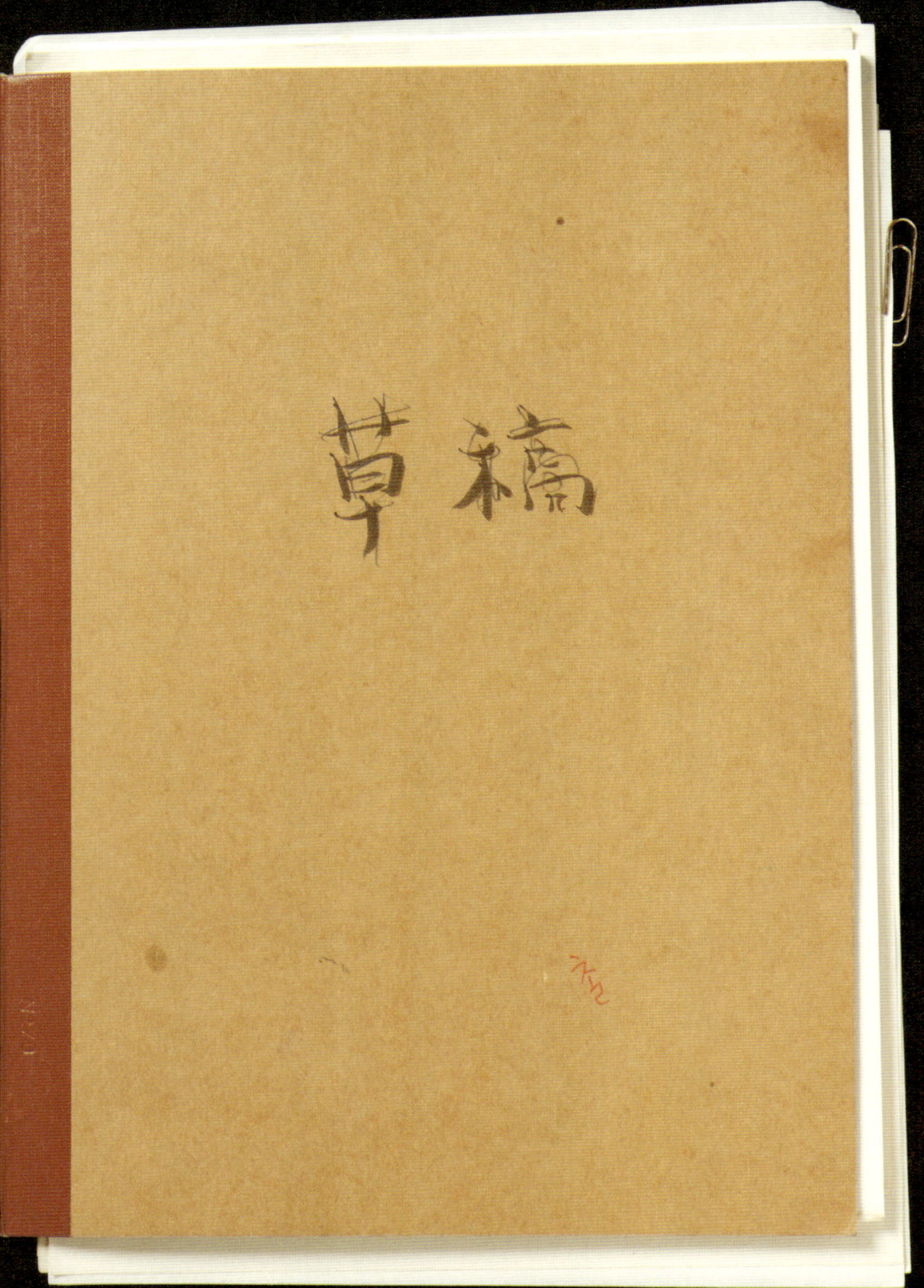
草稿

喧喧嘩嘩い

喧嘩腰

〃 〃 嘩

〃 〃 いかけ

〃 〃 四つ

喧嘩花

だ〃

喧嘩ふっかけ

喧嘩売ら

喧嘩屋

喧嘩[illegible]ん

ならずもの

ごろつき

ろくでなし

ウィーン国立オペラハウスには

魚一をゆんいれ味噌で焼[illegible]みみ[illegible]を 唐がらし

めっぽう辛い汁もの さかさん

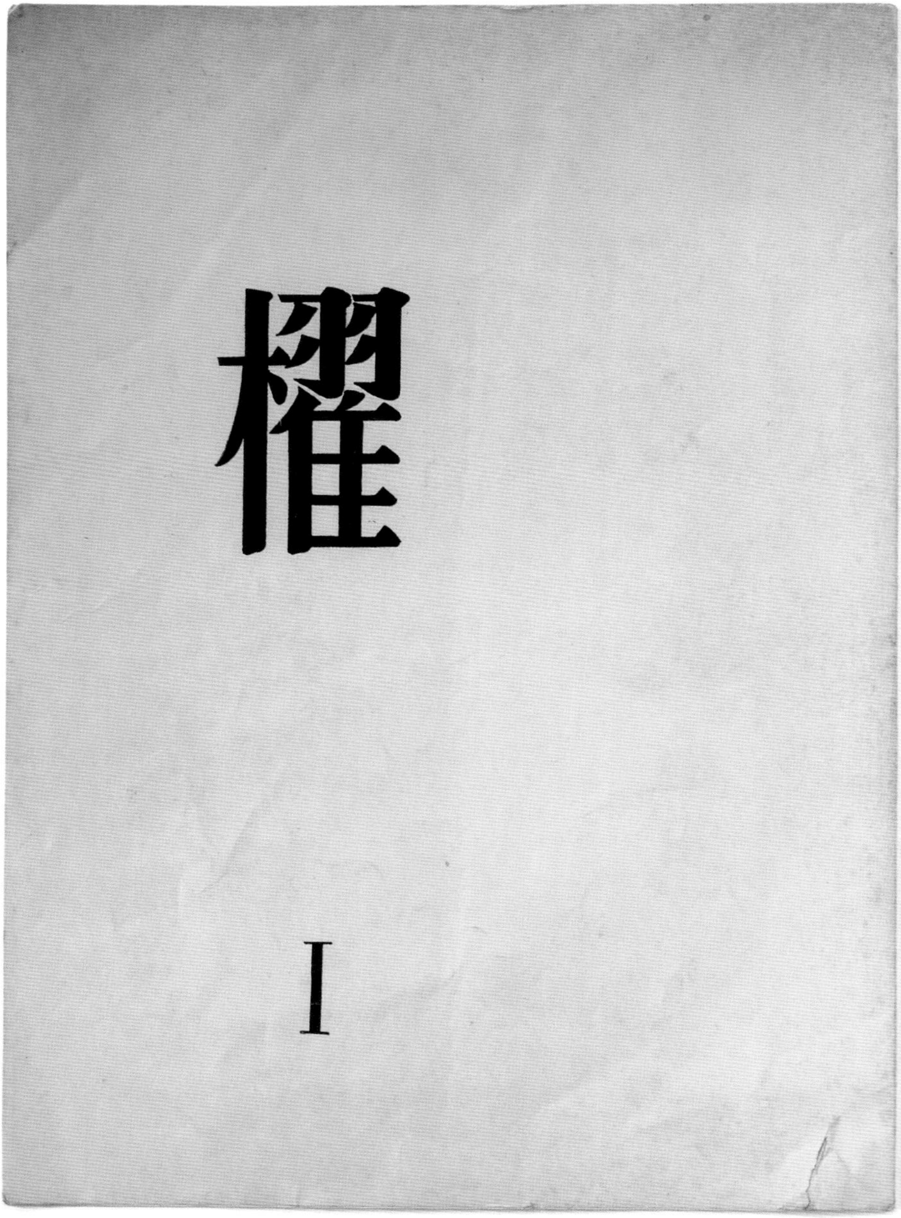
櫂

I

櫂
X

櫂10号目次

エッセイ

詩

詩劇

表紙　題簽　意匠　バーナード・リーチ

X

Mr. Bernard Leach

We deeply appreciate your kindness in taking the trouble of designing the cover of our little magazine.

Kai-no-Kai

対　話
茨木のり子　詩集

詩集
対　話
茨木のり子

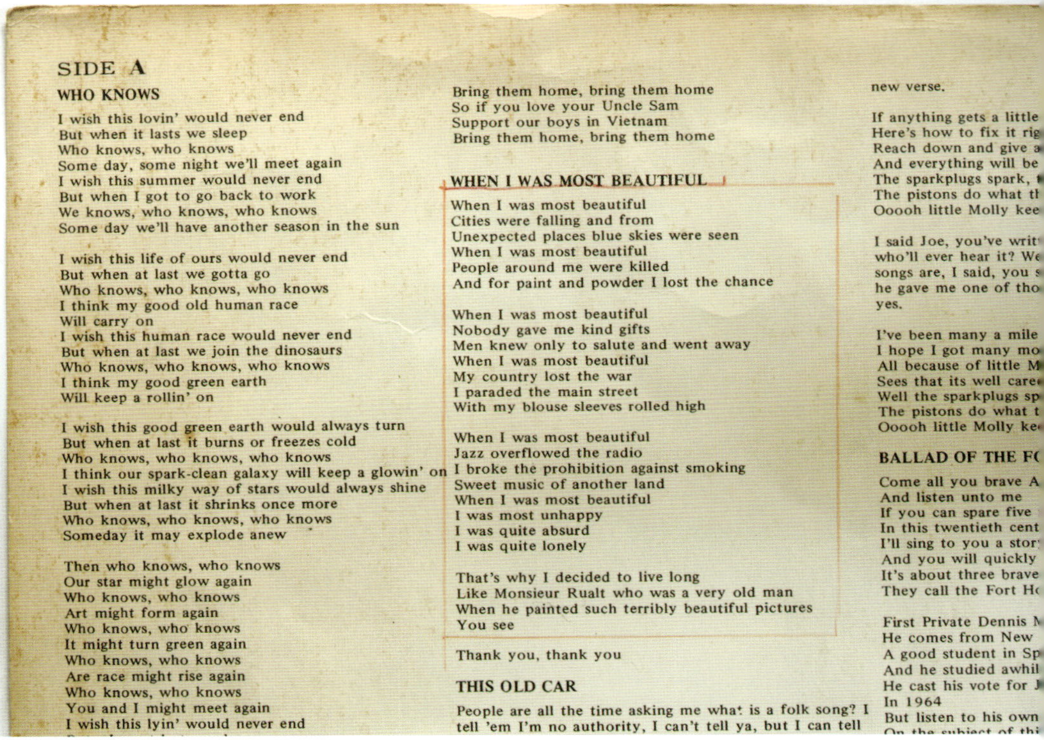

SIDE A

WHO KNOWS

I wish this lovin' would never end
But when it lasts we sleep
Who knows, who knows
Some day, some night we'll meet again
I wish this summer would never end
But when I got to go back to work
We knows, who knows, who knows
Some day we'll have another season in the sun

I wish this life of ours would never end
But when at last we gotta go
Who knows, who knows, who knows
I think my good old human race
Will carry on
I wish this human race would never end
But when at last we join the dinosaurs
Who knows, who knows, who knows
I think my good green earth
Will keep a rollin' on

I wish this good green earth would always turn
But when at last it burns or freezes cold
Who knows, who knows, who knows
I think our spark-clean galaxy will keep a glowin' on
I wish this milky way of stars would always shine
But when at last it shrinks once more
Who knows, who knows, who knows
Someday it may explode anew

Then who knows, who knows
Our star might glow again
Who knows, who knows
Art might form again
Who knows, who knows
It might turn green again
Who knows, who knows
Are race might rise again
Who knows, who knows
You and I might meet again
I wish this lyin' would never end

Bring them home, bring them home
So if you love your Uncle Sam
Support our boys in Vietnam
Bring them home, bring them home

WHEN I WAS MOST BEAUTIFUL

When I was most beautiful
Cities were falling and from
Unexpected places blue skies were seen
When I was most beautiful
People around me were killed
And for paint and powder I lost the chance

When I was most beautiful
Nobody gave me kind gifts
Men knew only to salute and went away
When I was most beautiful
My country lost the war
I paraded the main street
With my blouse sleeves rolled high

When I was most beautiful
Jazz overflowed the radio
I broke the prohibition against smoking
Sweet music of another land
When I was most beautiful
I was most unhappy
I was quite absurd
I was quite lonely

That's why I decided to live long
Like Monsieur Rualt who was a very old man
When he painted such terribly beautiful pictures
You see

Thank you, thank you

THIS OLD CAR

People are all the time asking me what is a folk song? I tell 'em I'm no authority, I can't tell ya, but I can tell

new verse.

If anything gets a little
Here's how to fix it rig
Reach down and give a
And everything will be
The sparkplugs spark,
The pistons do what th
Ooooh little Molly kee

I said Joe, you've writ
who'll ever hear it? We
songs are, I said, you s
he gave me one of tho
yes.

I've been many a mile
I hope I got many mo
All because of little M
Sees that its well care
Well the sparkplugs sp
The pistons do what t
Ooooh little Molly ke

BALLAD OF THE FO

Come all you brave A
And listen unto me
If you can spare five
In this twentieth cent
I'll sing to you a stor
And you will quickly
It's about three brave
They call the Fort Ho

First Private Dennis M
He comes from New
A good student in Sp
And he studied awhil
He cast his vote for J
In 1964
But listen to his own

INCO

一本の茎の上に

人間の顔は、一本の茎の上に咲き出た一瞬の花である——と感じるときがある。硬いつぼみもあれば、咲きそめの初々しさもあり、咲ききわまったのもあれば、散りかけもあり、もはやカラカラの実になってしまったのもある。

美醜も気にならなくはないけれど、私が関心を持つのはもっと別のことで、

——あ、ツングース系。

——ポリネシアの顔だわ。

——なんとも漢民族ねえ。

——まごうかたなきモンゴリアン！

そのよってきたるところの遠いみなもと、出自に思いを馳せてしまうのである。口には出さない。ただ心のなかで〈やや！〉と思うだけである。

電車やバスのなかで、あるいは初対面の人をいつもそんなふうにしげしげと眺めているわけではない。ふだんは何も感じないし、変哲もなき日本人なのだが、ある日、ある時、向こうのほうからパッと飛び込んできて、こちらをひどく刺激する顔というものがあるのだ。

これは私ばかりではなく、多くのひとびとの想念をしばしばよぎるものでもあるだろう。とっさに感じるそれらが当たっているものかどうかもわからない。ただ、あれこれ想像をほしいままにするのがたのしい。

ポリネシア型だと言っても、その人の家系が代々そういう顔だとは限らない。血のなかに伝わってきたある因子が、ただいま現在、偶然のように表に強くあらわれているのだろう。風や鳥に運ばれてきた種子のように、あちらこちらを転々とし、ちらばり、咲き出て、また風によって運ばれて……。

人間も植物とさして変わりはしない。そして今、はからずも日本列島で咲いている。そんな感慨を持つのである。

友人に、肌の色が透きとおるように白いひとがいる。彼女の言によれば、

「遠い昔、北欧の船が島根県に漂着したことがあって、そのまま土地の娘と結ばれて、それが私の母かたの祖先なの」

と言うのだが、その顔立ちと肌の白さはその言を信じさせるに足るもので、ヨーロッパ系も数は少ないがいろんな形で入ってきているのだろう。

インド系は少ないなと思っていたら、先日新幹線のなかでばったり出会った。居た！　日本人でありながら、なんともインドであった。

東北地方にはスラヴ系が多い。子供のころ、親に連れられての旅の途次、道ばたで道路工事をしていた女性のなかに、腰を抜かさんばかりきれいな人を発見したが、今にして思えばあれはスラヴ系美人であったのだ。

（後略）

L'EXPRESS
LUBIN

HOTEL AMBASSADOR-CONCORDE
16, BOULEVARD HAUSSMANN - 75009 PARIS
Téléphone : 246-92-63 Télex AMBASDO 650912 F
NOM : MISS MIURA
NAME
CHAMBRE N° 266 ÉTAGE : 2
ROOM N° FLOOR :
PRIX FRS : TAXES & SERVICES COMPRIS
DAILY RATE :
IMPORTANT
Les chambres non libérées à 11 heures sont facturées pour la nuit suivante.
To avoid one night extra charge, rooms should be vacated at 11 am.

CARTE D'ACCÈS A BORD/
BOARDING PASS
SIEGE/SEAT
AF 022
VOL/FLIGHT
NCE
DESTINATION
PTY
27MAR
CABINE
AIR FRANCE

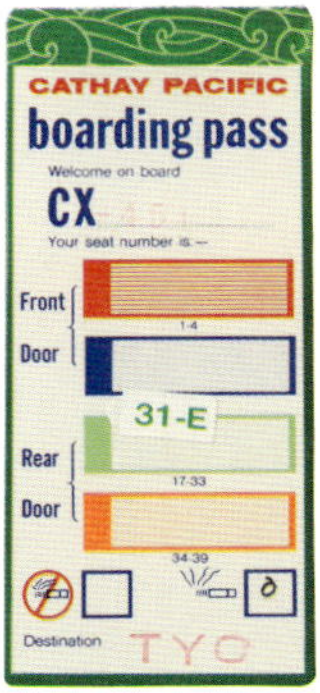
CATHAY PACIFIC
boarding pass
Welcome on board
CX
Your seat number is —
Front
Door
1-4
31-E
Rear
Door
17-33
34-39
Destination
TYO

便名 FLIGHT
404
搭乗口 GATE
非喫煙座席
NON SMOKING SEAT
喫煙座席
45D
エコノミークラス
ECONOMY CLASS
搭乗券 BOARDING PASS
JAL

AGFAMATIC 2000

倚りかからず

もはや
できあいの思想には倚りかかりたくない
もはや
できあいの宗教には倚りかかりたくない
もはや
できあいの学問には倚りかかりたくない
もはや
いかなる権威にも倚りかかりたくはない
ながく生きて
心底学んだのはそれぐらい
じぶんの耳目
じぶんの二本足のみで立っていて
なに不都合のことやある

倚りかかるとすれば
それは
椅子の背もたれだけ

さゆ

薬局へ
　——サユをください
と買いにきた若い女がいた
　——サユ？
　——ええ　子供に薬をのませるサユっていうもの　おいくら？
薬局は驚いて
　——ああた　白湯(さゆ)は買うもんじゃありませんよ
　　湯ざましのことですに

若い母親の頭のなかでサユはいったいどんな形であったやら
怪訝(けげん)な顔で去ったという
白湯もまた遠ざかりゆく日本語なのか……
八雲の怪談の　夜ごと水飴を買いにくる女は
艶冶(えんや)で哀れ深かったけれど

そんな話を聞いた日の深夜
しゅんしゅんと湯を沸かし
ふきながらゆっくりと飲む
まじりけなしの
白湯の
ただそれだけの深い味わい

色の名

胡桃（くるみ）いろ　象牙いろ　すすきいろ
栗いろ　栗鼠（りす）いろ　煙草いろ
　色の和名のよろしさに　うっとりする

柿いろ　杏いろ　珊瑚いろ
山吹　薊（あざみ）　桔梗（ききょう）いろ　青竹　小豆　萌黄いろ
　自然になぞらえた　つつましさ　確かさ

朱鷺（とき）いろ　鶸（ひわ）いろ　鶯いろ
　かつては親しい鳥だった　身近にふれる鳥だった

鬱金（うこん）　縹（はなだ）　納戸（なんど）いろ　利休茶　浅黄　蘇芳（すおう）いろ
　字書ひいて　なんとかわかった色とりどり

辛子いろ　蓬（よもぎ）いろ　蕨（わらび）いろ　ああ　わらび！
　早春くるりと照れながら
すくすく伸びる　くすんだみどり
オリーブいろなんて言うのは　もうやめた

ある工場

地の下にはとても大きな匂いの工場が
　　　在ると　思うな
年老いた技師や背高のっぽの研究生ら
　　　白衣の裾をひるがえし

アルプスの野の花にシリアの杏の花に
中国のジャスミンに　世界中の花々に
　　　漏れなく　遅配なく
　　　馥郁の香気を送る

ゲラン　バランシャガ　も　顔色なし

小壜に詰めず定価も貼らず惜しげなく
　　　ただ　春の大気に放散する
　　　　彼らの仕事の
　　　すがすがしさ

みずうみ

〈だいたいお母さんてものはさ
しいん
としたとこがなくちゃいけないんだ〉

名台詞を聴くものかな！

ふりかえると
お下げとお河童と
二つのランドセルがゆれてゆく
落葉の道

お母さんだけとはかぎらない
人間は誰でも心の底に
しいんと静かな湖を持つべきなのだ

田沢湖のように深く青い湖を
かくし持っているひとは

話すとわかる　二言　三言で

それこそ　しいんと落ちついて
容易に増えも減りもしない自分の湖
さらさらと他人の降りてはゆけない魔の湖

教養や学歴とはなんの関係もないらしい
人間の魅力とは
たぶんその湖のあたりから
発する霧だ

早くもそのことに
気づいたらしい
小さな
二人の
娘たち

SONY
DIGITAL 24 · BRIGHT
VOL
TONE

N
Y

№4711
Portugal
Eau de Cologne
gives you a refreshing
fine orange fragrance
Eau de Cologne & Parfümerie-Fabrik
"GLOCKENGASSE №4711"
KÖLN a. RH. / COLOGNE
№4711.
Eau de Cologne & Parfümerie-Fabrik
"GLOCKENGASSE №4711"
KÖLN a. RH. / COLOGNE

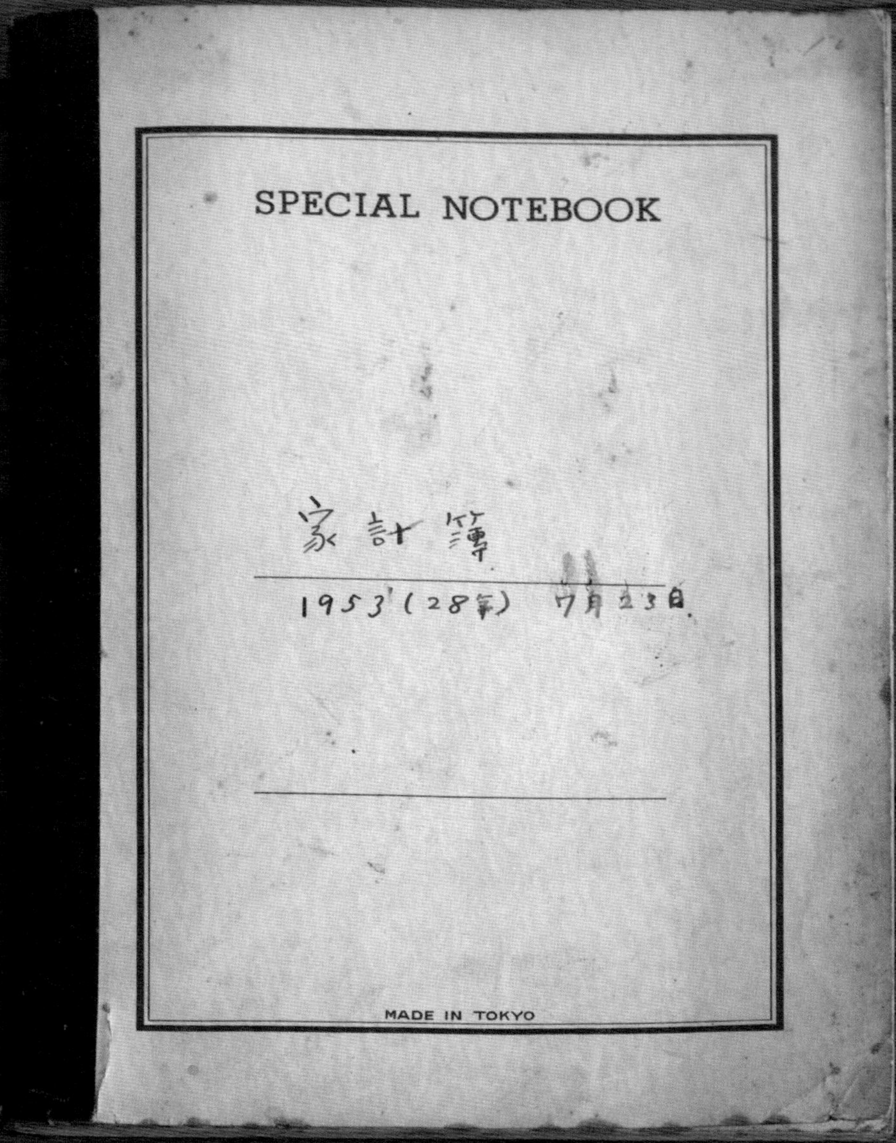
SPECIAL NOTEBOOK
家計簿
1953（28年） 7月23日
MADE IN TOKYO

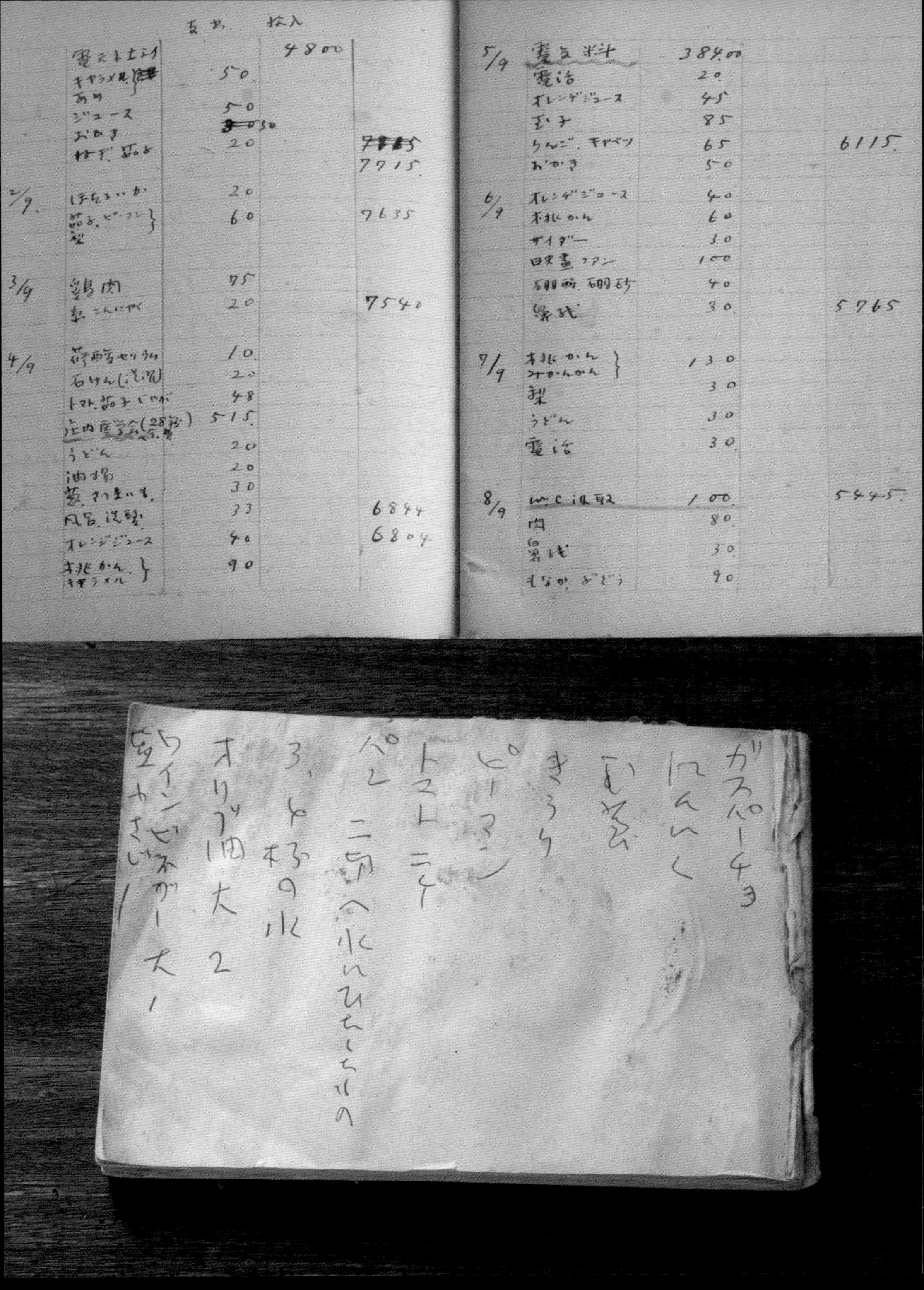

支出　収入

		支出	収入	残高
	電気ガス		4800	
	キャラメル、あめ	50		
	ジュース	50		
	おかき	30		
	なす、茄子	20		7715
2/9	ほたるいか	20		
	茄子、ピーマン、梨	60		7635
3/9	鶏肉	75		
	葱、こんにゃく	20		7540
4/9	酢酸セリウム	10		
	石けん（浴用）	20		
	トマト、茄子、じゃが	48		
	庄内医学会（28年会費）	515		
	うどん	20		
	油揚	20		
	葱、さつまいも	30		
	風呂、洗髪	33		6844
	オレンジジュース	40		6804
	桃かん、キャラメル	90		
5/9	電気料	384.00		
	電話	20		
	オレンジジュース	45		
	玉子	85		
	りんご、キャベツ	65		6115
	おかき	50		
6/9	オレンジジュース	40		
	桃かん	60		
	サイダー	30		
	映画ファン	100		
	硼酸、硼砂	40		
	鼻紙	30		5765
7/9	桃かん、みかんかん	130		
	梨	30		
	うどん	30		
	電話	30		
8/9	WC汲取	100		5445
	肉	80		
	鼻紙	30		
	もなか、ぶどう	90		

ガスパーチョ
にんにく
玉葱
きゅうり
ピーマン
トマト二ケ
パン二片へ水にひたしたもの
3、4杯の水
オリーブ油大2
ワインビネガー大1
塩小さじ1

三浦

茨木
三浦
6-1578

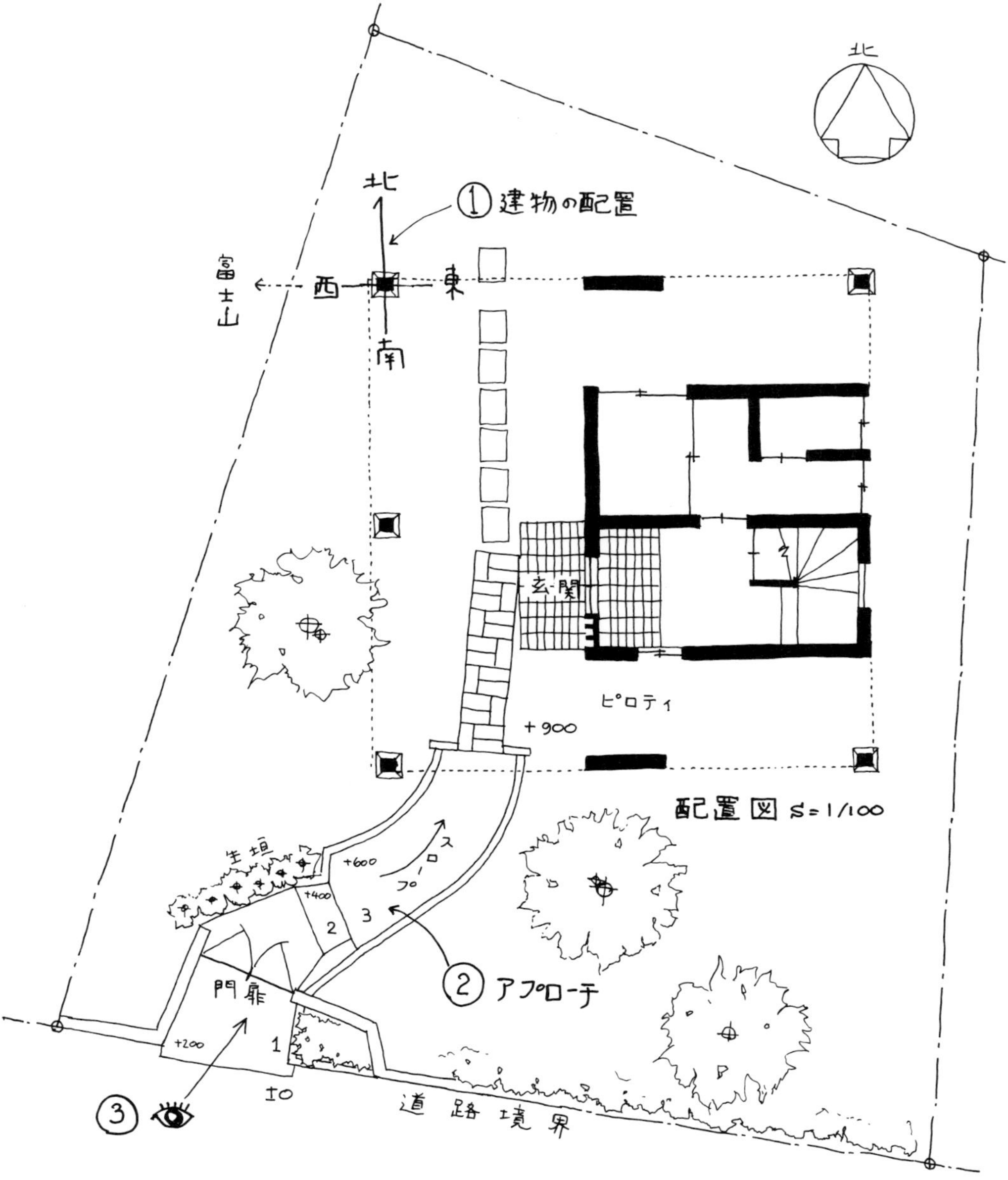

① 建物の配置は道路に対して平行ではなく、東西南北にピタリと合っている。門扉から玄関周りを見せたかったのか、それとも、西に聳える富士山を真正面に望みたかったのだろうか。

② 敷地は道路から1メートル程高い。そのため、アプローチは階段状の構成をとる。門扉は道路に対し、玄関に向かうように角度を持ち、来訪者を玄関へ向けて逆S字状に誘う。

③門扉の前に佇むと、左手前の生垣によって視線は自然と玄関周りに導かれる。敷地高低差、湾曲したアプローチによって生じた遠近感の錯覚のためか、玄関戸までは、実際の距離（12m）に比べ、遥か遠くに見える。

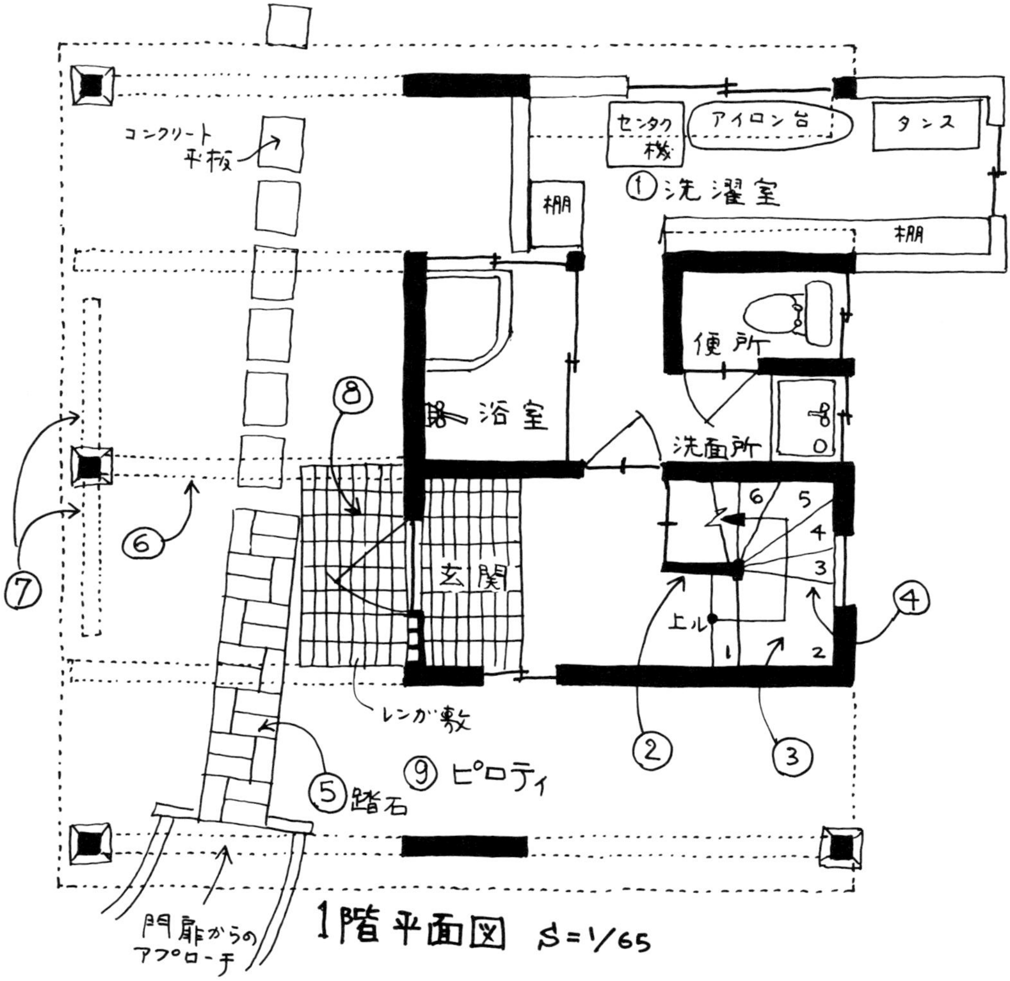

1階平面図 S=1/65

①この部分は洗濯室として増築された。天井付近には奥行の異なる棚板が2段あり、スペースの有効利用が徹底されている。
②この小さな壁によって、階段の幅が奥に向かい僅かに狭められている。このため、玄関からの奥行が実際以上に感じられる。
③階段を上がる時に天井に頭がぶつからないよう、2階の冷蔵庫置場の床が30センチほど上がっている。
④玄関から一番奥に3段目の段板が顔を覗かせる。まるで来訪者を2階へ誘っているよう。
⑤この踏石（ブロック平敷）は門扉からのアプローチを受け、角度がつけられている。
⑥ピロティの天井には2階の床を支える梁があらわになり、先端に行くにしたがって細くなっている。軽やかな印象を与え、構造上も理に適っている。
⑦印象的な斜めの筋交いが壁のないピロティを支えている。
⑧玄関ドアの前は天井が低く抑えられ、来訪者を優しく迎え入れる。
⑨当時（1957年）の木造住宅でこれほどのピロティは珍しい。

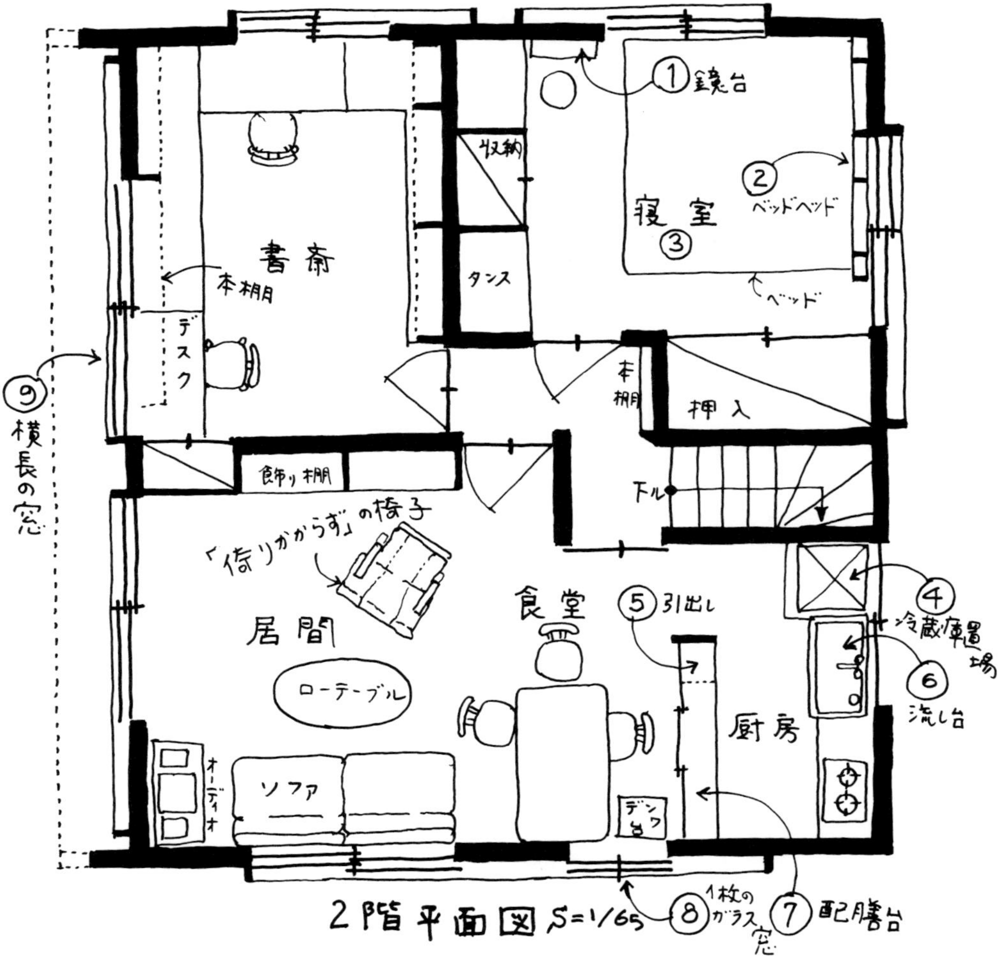

① 幅60センチ、奥行18センチの小さな箱家具を鏡台として壁に設えている。僅かなスペースを利用した慎ましいデザイン。

②奥行12センチのベッドヘッドにはローズウッド材が使われ、丁寧に造作されている。

③この部屋の壁には布クロスが張られ、勾配天井には平たい押縁が施されている。鏡台、ベッドヘッドなどを含め、デザイン密度が高い。

④冷蔵庫置場は床から30センチほど上がっている。直下の階段室の天井高を稼ぐための一工夫。

⑤厨房と食堂、どちら側からも利用できる引き出し。利便性と共に遊び心も感じられる。

⑥奥行55センチの特注の流し台。高島屋の小さな銘板が付いている。

⑦造り付け食器棚の中段は配膳台になっている。厨房と食堂を繋いでいるが3枚引き戸で閉じることもできる。

⑧1枚のガラス窓はスライドさせると姿を消し、外の景色が絵のように見える。

⑨デスクの前には低い横長の窓があり、竣工当時はこの窓から富士山が見えた。窓の上部は天井まで一面の本棚。

賀
あけまして
おめでとう。
このはんが 何で
つくったか
あてたら えらい。
一月元旦

このたび私○○○○年○月○日
○○にてこの世におさらばすることになりました。
これは生前に書き置くものです。
私の意志で、葬儀・お別れ会は何もいたしません。
この家も当分の間、無人となりますゆえ、
弔慰の品はお花を含め、一切お送り下さいませんように。
返送の無礼を重ねるだけと存じますので。
「あの人も逝ったかしと一瞬、たったの一瞬
思い出して下されば それで十分でございます。

あなたさまから頂いた長年にわたるあたたかなお
おつきあいは、見えざる宝石のように、私の胸に
しまわれ、光芒を放ち、私の人生をどれほど豊かに
して下さいましたことか……。
深い感謝を捧げつつ、お別れの言葉に代えさせて
頂きます。

ありがとうございました。

○○○○年　月　日

写真

↓

このたび私　　年　　月　　日　　　　　　にて
この世におさらばすることになりました。
これは生前に書き置くものです。
私の意志で、葬儀・お別れ会は何もいたしません。
この家も当分の間、無人となりますゆえ、弔慰の品は
お花を含め、一切お送り下さいませんように。
返送の無礼を重ねるだけと存じますので。

「あの人も逝ったか」と一瞬、たったの一瞬
思い出して下さればそれで十分でございます。
あなたさまから頂いた長年にわたるあたたかな
おつきあいは、見えざる宝石のように、私の胸に
しまわれ、光芒を放ち、私の人生をどれほど豊かに
して下さいましたことか…。

深い感謝を捧げつつ、お別れの言葉に
代えさせて頂きます。

ありがとうございました。

年　月　日

伯母と過した週末

宮崎 治

茨木のり子は三十二歳のとき、従姉妹の建築家と一緒にこの家を設計した。施工は一九五八年、年表には〝住宅難のため、所沢、神楽坂、池袋と転々としたが、東京都保谷市東伏見にやっと家を建てる〟と記されている。第二詩集『見えない配達夫』が刊行された年であり、それ以降の詩はすべてこの家で書かれたことになる。

どの程度まで本人が設計に関わったのかは定かではないが、エントランスから臨む山小屋風のデザインは今見ても斬新だし、内装には独特の落ち着きがある。武蔵野の雑木林に佇むこの住居も茨木のり子の作品の一つと言えなくもない。

今年で築五十二年になるが、もしも伯母夫婦に子供がいたらこの家は間違いなく建て替えられていただろう。煙草の脂(やに)で変色した壁紙やファブリックには、長年暮らした余韻が今も色濃く残存している。

伯母の日記によれば、幼稚園児だった私が兄、祖母とともに、ここを初めて訪れたのは一九六九年三月二六日、水曜日。〝東京駅から羽田空港に直行。晴れていい天気、二人とも大はしゃぎ、わが家一変ににぎやかにあふれかえる〟と書かれていた。

以後、何度となく兄と上京したが、私がこの家を頻繁に訪れるようになったのは、神奈川在住の大学生となった一九八三年以降である。

一人暮らしの大学生と、一人暮らしの伯母は、時間にもスケジュールにも余裕があったし、なにより私は伯母の家を訪問するのが好きだった。

別段用事のない週末、伯母に電話をし、新宿で映画を見て、あるいは渋谷の輸入レコード店で流行りの洋楽ＬＰを買い、吉祥寺駅からバスで伯母の家を訪ねるのが当時のお気に入りのコースだった。

門灯が灯る頃、伯母の家の呼び鈴を押すと、木製の扉の格子窓に伯母の姿が現れ、いつも〝いらっしゃい〟と小さな声で囁いて、暖かな空間へ招き入れてくれた。

本や雑誌が山積みされた狭い階段を注意深く上ると、台所からはその都度違ったレシピの濃密な香りが漂っていた。

食事の支度ができるまで、伯父が遺したクラシックのレコードや、買ってきたロックのレコードを聴いたりしたが、とりわけ伯父のコレクションの中のモーツアルトをかけると、伯父の供養になると喜んだ。この頃のエピソードが詩集『歳月』の中の「モーツアルト」という詩にでてくる。

夕方からゆっくりと時間をかけ、ワインとともに何皿も手料理をご馳走になりおしゃべりをした。会話の多くは、お互いの友人関係、大学での生活、ガールフレンドのこと、亡くなった伯父の思い出、韓国語教室の出来事、ニュースやテレビ番組など、ごく日常的な内容であった。

幸か不幸か、私が文学に疎かったので、詩についての講釈は殆どなかった。希代の詩人を相手に雑談しかしなかったことが少々悔やまれるが、いつの日か天国で再会したとしても、やっぱり伯母とは雑談しかしないと思う。なにしろ伯母は聴き上手な人であり、自身の作品の解説などしてくれそうにないのである。

（みやざき・おさむ　甥）

初出

わたしが一番きれいだったとき　『見えない配達夫』（飯塚書店）1958年
くだものたち　『見えない配達夫』
食卓に珈琲の匂い流れ　『食卓に珈琲の匂い流れ』（花神社）1992年
時代おくれ　『倚りかからず』（筑摩書房）1999年
倚りかからず　『倚りかからず』
さゆ　『食卓に珈琲の匂い流れ』
色の名　『花神ブックス1　茨木のり子』（花神社）1996年
ある工場　『花神ブックス1　茨木のり子』
みずうみ　『花神ブックス1　茨木のり子』
一本の茎の上に　『一本の茎の上に』（筑摩書房）1994年

茨木のり子　いばらぎ・のりこ

詩人。一九二六年（大正十五）六月十二日、大阪に生まれる。幼年期を愛知県で過ごす。四三年（昭和十八）、帝国女子医学・薬学・理学専門学校（現・東邦大学）に入学。十九歳で敗戦を経験。四六年、繰上げ卒業。戯曲や童話を書き始める。四九年、医師の三浦安信と結婚。五三年、川崎洋とともに詩誌「櫂（かい）」を創刊。同人に谷川俊太郎、大岡信、吉野弘らがいた。五五年、初の詩集『対話』を出版。五八年、東京都北多摩郡保谷町（現・西東京市東伏見）に新居を建築、亡くなるまでこの家で過ごし、戦後を代表する女性詩人として活躍。七五年、夫が死去。七六年より韓国語を習いはじめる。主な詩集に『見えない配達夫』、『自分の感受性くらい』、『食卓に珈琲の匂い流れ』、『倚りかからず』、『歳月』など。訳詩集に『韓国現代詩選』、エッセイ集に『言の葉さやげ』、『詩のこころを読む』、『一本の茎の上に』などがある。二〇〇六年（平成十八）二月、自宅で死去。享年七九。山形県鶴岡市加茂の浄禅寺に眠る。

茨城のり子の家★
写真キャプション

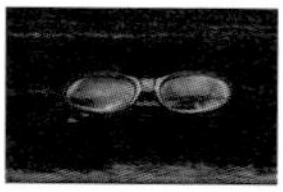

1
愛用の眼鏡

3
ポートレート
谷川俊太郎撮影

6・7
玄関ドア
表と内側から。
レバーハンドルは
堀商店製

8
玄関にあるスイッチ

9 ～ 12
階段室の天井は
一部高く、意匠が
凝らされている。
漆喰塗りの壁は
玄関から階段、
2 階へと続く

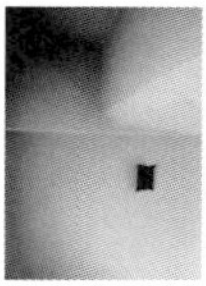

14·15
2階居間
左が「倚りかからず」
の椅子。
奥に食卓と厨房

16
食卓と黒電話
好きだった果物の
長十郎梨と
ラ・フランス

17
「倚りかからず」
の椅子

22
居間で
谷川俊太郎撮影

23
建設中の家
1958年頃
2階が宙に浮くよう
に見え、ピロティ建築
の特徴がよくわかる

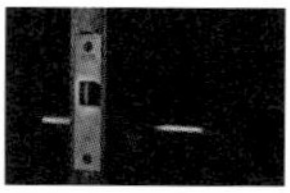

24
居間から書斎への
扉に付く
レバーハンドル。
プレートに HORI
（堀商店）の刻印

25
居間の窓際に
咲く金木犀

26
厨房と
食卓の間には
配膳台があり、
引戸越しに来客の
様子を窺える

27
食卓
好きだったワインの
ひとつ「シグロ」

56〜59
書斎
広さは6畳あまりで
夫と共同使用。
部屋を
二分するためか、
天井に
カーテンレールが
ある

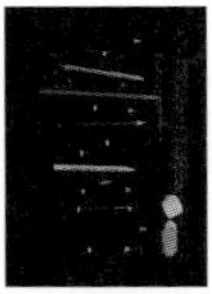

60
原稿の多くは
鉛筆書き。
削って短くなるまで
大切に使っていた

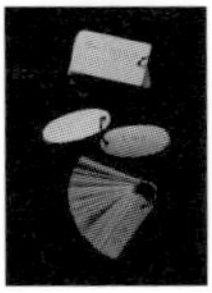

61
ハングル学習に
使った単語帳
上から
「覚えておきます」
「5・16」(註 1961
年5月16日、
朴正熙陸軍少将ら
による軍事
クーデターが起きた)
「腎臓」

62
アルバムから
上は小学生の頃
弟の宮崎英一と

45
夫・三浦安信と

49・50・51・53
書斎東向きの
窓ガラス
旭硝子製の
型ガラス「このは」

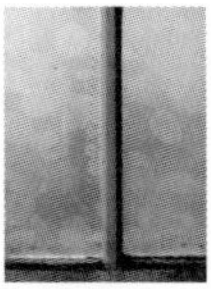

54・55
書斎の
造り付けの書棚

28
居間の壁にある
鳥の飾り

29
曲げ合板で
作られた
食卓用の椅子

35・37〜39
42・44・46・47
没後発見された
無印良品の箱には、
夫への
想いを綴った
未発表の詩
40編が
収められていた。
「Y」は、
夫・三浦安信の
イニシャル。
2007年、詩集
『歳月』として
出版された

40・41・43
絵画と音楽が
趣味だった
夫の手による
茨木のり子の
クロッキー。
いったん丸めて
捨てられたものを
大切に伸ばして
スクラップブックに
貼られている

75
ピート・シーガーの
LP“Young vs. Old”
には
「わたしが一番
きれいだったとき」が
収録されている。
英訳・片桐ユズル
“WHEN I WAS
MOST
BEAUTIFUL”

76・77
旅で
買い集めたもの
スペイン製の
デキャンタ、
韓国の香炉、
燭台、酒器。
それぞれ詩や
エッセイに
登場している

80・81
韓国、
ヨーロッパ旅行で、
茨木のり子撮影の
スナップ写真と
愛用のカメラなど

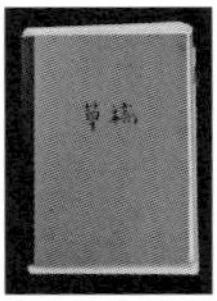

68・69
「Y」の箱に
入っていた
草稿ノート

70
同人誌「櫂」第1号
1953年
5月15日発行
発行責任者・
茨木のり子
編集責任者・川崎洋

71
櫂・連詩の参加者
東京新宿、
旅館萩の宮にて
左から吉野弘、
茨木のり子、
岸田衿子、大岡信、
水尾比呂志、
川崎洋、
谷川俊太郎、
友竹辰、
中江俊夫の各氏
宮内勝撮影

72・73
同人誌「櫂」第10号
表紙絵は
バーナード・リーチ

74
初めての詩集
『対話』
1955年
不知火社刊

63
小学生時代の
日記
1937年3月

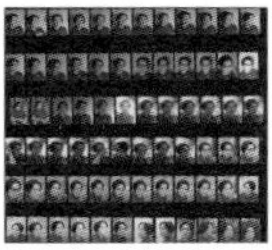

64・65
ポートレート
ベタ焼きと
P65 左下は
谷川俊太郎撮影

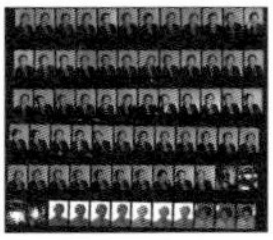

66・67
大学ノートに
書かれた日記
1951年4月10日

110
自宅近くを散歩

111
この辺りは
現在も当時と
変わっていない

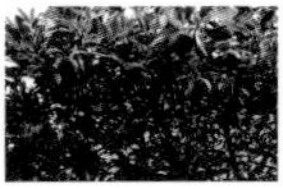

112・113
庭の夏みかんの木

114
夏みかんの花

115
庭にて

116・117
自筆の
死亡通知の原稿

118・119
完成した死亡通知

100
門扉越しに
建物を眺める

101
玄関正面
赤レンガは
玄関内部にも
敷かれている

102・103
広々とした
ピロティから
道路側を眺める。
柱は約6寸角、
骨太の柱と梁が
2階を支える

105
配置図

106
1階平面図

107
2 階平面図

108
茨木のり子の
年賀状
発泡スチロールで
作ったこの版画は、
詩集『歳月』の
表紙に使われた

109
ポートレート
谷川俊太郎撮影

90〜95
寝室
ベッドヘッドには
身近な人たちの
ポートレートや
トランジスタラジオ。
傾斜のある天井が
個性的。
この家で唯一
寝室の壁だけが
布クロスで
仕上げられ、
彩りを持つ。
タンスが一分の
隙間もなく
ピタリと納まる

96
寝室の窓から

97
愛用していた
「4711」の
コロンとヘアトニック

98・99
1953年の
家計簿と
料理レシピのメモ
(ガスパーチョ)

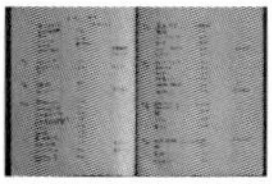

写真／小畑雄嗣
撮影期間　2008年8月〜2010年7月
実測図面／鈴木基紀
資料提供・取材協力／宮崎 治

装丁・レイアウト／木村裕治、川﨑洋子（木村デザイン事務所）
編集／清水壽明

茨木のり子の家

2010年11月25日　初版第1刷発行
2024年10月29日　初版第10刷発行

著者　　茨木のり子

発行者　下中順平

発行所　株式会社平凡社
東京都千代田区神田神保町3-29
電話　03-3230-6584（編集）　03-3230-6573（営業）
振替　00180-0-29639
ホームページ　https://www.heibonsha.co.jp/

印刷　株式会社東京印書館

製本　大口製本印刷株式会社

ISBN978-4-582-83480-2
NDC分類番号910　A5判（21.6cm）　総ページ128